너와 보낸 봄날

김일연

1955년 대구에서 태어나 경북대학교를 졸업하고 1980년 『시조문학』으로 등단했다. 시집으로 『빈들의 집』 『서역 가는 길』 『달집태우기』 『명창』 『엎드려 별을 보다』와 시선집 『저 혼자 꽃 필 때에』 『아프지 않다 외롭지 않다』 『꽃벼랑』이 있고 일역 시집 『꽃벼랑』 등이 있다. 한국시조 작품상, 이영도 문학상, 유심 작품상, 오늘의 시조시인상을 수상했다. 현재 국제 시조협회 이사로 활동하고 있다.
ilyeon2003@hanmail.net

황금알 시인선 183
너와 보낸 봄날

초판발행일 | 2018년 11월 17일

지은이 | 김일연
펴낸곳 | 도서출판 황금알
펴낸이 | 金永馥
선정위원 | 김영승 · 마종기 · 유안진 · 이수익
주간 | 김영탁
편집실장 | 조경숙
표지디자인 | 칼라박스
주소 | 03088 서울시 종로구 이화장2길 29-3, 104호(동숭동)
전화 | 02)2275-9171
팩스 | 02)2275-9172
이메일 | tibet21@hanmail.net
홈페이지 | http://goldegg21.com
출판등록 | 2003년 03월 26일(제300-2003-230호)

ⓒ2018 김일연 & Gold Egg Publishing Company Printed in Korea

값은 뒤표지에 있습니다.

ISBN 979-11-89205-16-4-03810

너와 보낸 봄날

김일연 시집

황금알

내가 열네 살이었을 때 어느 시인께서
'이렇게 깨끗이 청소한 것 같은 마음을
또 만나고 싶다'고 하셨다.
그 날 이후 나는 시는 깨끗하게 청소한
마음에서 나온다고 믿게 되었다.
그곳이 시의 고향이라 믿었다.

진정 사랑한다는 것은 두려운 일이지만
백합 조개가 연한 소금물 속에서 스르르 입을
벌리듯이 노래가 세상의 이슬방울
속에서 가만히 입술을 여는
그때를 기다려보리라.

2018년 11월 김일연

차 례

2부 마침내 나를 버리고 너를 볼 수 있다는 게

1부

첫새벽 문을 여는 일출 빛으로 익는다

백합의 노래

그 어떤 칼날로도 너를 열 수가 없어

연한 소금물 속에 가만히 담가놓았지

세상의 이슬방울 속에 노래를 담가놓았지

송광사의 저녁

범종은 하늘가에 수묵을 풀어놓고

법고는 구곡간장에 정적을 풀어놓아

몸 안의 나를 파내었다
찌꺼기를
마구

만행萬行

한여름 뱀사골은
창창울울 초록인데

저 혼자
몸이 달아
불타는 단풍나무

그 불길 아직 외로워
더 멀리
걸어야겠다

홍시

가을
깊어갈수록
밤이
길어갈수록

첫새벽 문을 여는
일출 빛으로 익는다

꼭지가 마르지 않으면
물을
잃지 않으면

파랑과 초록

바닷속 물고기를
파랑이다!
초록이다!
파랑이라 우기고 초록이라 우길 때
장난친 햇빛이 웃는다
물고기도 웃는다

파랑에 초록 있고 초록에 파랑 있고
햇빛에 바람 있고 바람에 햇빛 있고
'파도와 고요한 바다
그 둘이
다르지 않다'*

* 원효의 『대승기신론소』에서

불이선란不二禪蘭

노도에 휩쓸리던 한 잎의 조각배가

질풍을 가라앉힌 드맑은 날에 닿아

마음이
백지 하나로
펼쳐지는 거기에

내편

술추럼 끝났는지 조용해진 산창에

깊은 소
온 물소리
성큼, 다가앉고

맑은 달 귀를 기울여 다정히 떠오는 밤

일만 달빛 금물결 아득타 누웠으니

인생,
뭐 있다고
바글바글 들끓던

머릿속 좀들이 기어 사방에 흩어지누나

바람의 협곡

다 떠난 골짜기에 하루 두 번 오가는

진눈깨비 한 십 년
무서리에 한 십 년

기차는 텅 빈 공덕을 바람에 닦으며 가고

말을 잃은 철길이 이별보다 서러워

꽃 지고 새도 가고
별도 감감 먼 하늘

바람은 적막강산에 불멸 새기며 간다

왕대*

시베리아 잣나무 깜깜한 숲 속에서
정월 대보름달이 천천히 돌아본다
뜨거운 불덩어리가 금방 덮칠 것 같다

앞발을 내디딜 듯 그 자리에 멈춘다
위엄에 찬 눈동자가 무심히 바라보며
그만한 거리쯤에서 고요히 제어한다

북한산 바위가 되어 그는 엎드려있다
물러난 잠복지에서 세상의 흐름을 본다
한 십 년 집요한 추적 끝에야 진짜 그를 볼 수 있
다**

* 한국호랑이의 조상인 시베리아 수호랑이
** 박수용의 다큐멘터리에서

유빙遊氷

강이 부서져 있다 강이 몸을 부수었다
해는 중천이어도 극야처럼 어둡고
광기에 물든 바람이 교하에 펄럭인다

나만이 아니었구나, 겨울을 견디는 건
허연 배를 번드쳐 너에게 보여주랴
얼음의 칼끝에 꽂힌 강이 일어서있다

절리

끊임없는 파도가 너를 만들었다
내리꽂는 칼날보다 거센 비바람이
상처를 가슴에 안고 꼿꼿이 서게 했다

무제

그 의미 같은 것은 짓밟아 뭉개주세요
그 형상 같은 것도 캭! 뱉어주세요
난 그냥 덩어리이고 당신은 자유예요

2부

마침내 나를 버리고 너를 볼 수 있다는 게

슬픔의 약

뼈를 다친 곳은 약으로도 고칠 수 없어
찜질이나 하면서 기다리는 것처럼
시간의 습포를 대고 기다릴 수밖에는

얼마나 다행이냐

공중의 낭떠러지로 롤러코스터 떨어지며
눈 감을 수 있다는 게 얼마나 다행이냐
끝끝내 사랑하면서 눈 감아 줄 수 있다는 게

공중제비를 돌고 제 자리에 돌아오면
눈 뜰 수 있다는 게 또 얼마나 놀라우냐
마침내 나를 버리고 너를 볼 수 있다는 게

저녁이 깊어지면
— J의 그림에 부침

산그늘 서늘하고 바람 거칠어지는
두고 온 골짜기에 하얗게 억새가 피면
억새가 거기 있음을 추억하는 이 있겠지

식은 차를 데우고 나는 여기 책을 읽고
당신은 비스듬히 거기 음악을 듣고
가끔은 저무는 밖을 내다보기도 하겠지

발이 부르트도록 먼 길을 걸어와서
고요하게 흐르는 강물이 된 그 사람
고통도 기쁨이었음을 기억하는 이 있겠지

코스모스

어룽어룽 분홍비
사분사분 하양비
호젓한 길모롱이
서늘한 목덜미에
가려나 하마 가려나
꽤 오는
가을비

겨울별

'일찍이 하가산의 골암사에 있으면서
밤마다 팔을 뻗쳐 부석사의 등을 켰다'*

꺼질 듯 반짝이고 있는
얼어붙은
등불들

* 『삼국유사』「의상전교義相傳敎」中 제자 오진悟眞에 관한 기록에서

기다림

어제오늘내일모레
어제오늘내일모레
어제오늘내일모레
어제오늘내일모레

모눈이 터질 것 같은
미친
목마름

꽃벼랑

이 좁은
단칸방에
어떻게 널 들일까

진달래 울은 속은
와 저리 불이 타노?

움쳐야 날아도 보제
벼랑 앞에
와 섰노?

얼룩

새하얀 전지 한 장 가운데가 쭈그러졌다

잃어버린 사람을 보내지 못하였나

종이를 잡아당기듯 나를 당겨 울고 있다

길이 있는 걸 안다

제주에서 중문으로 고사리장마 지는 날

두 눈을 가린 듯이 해무는 자욱해도

안 뵈는
한 치 그 앞에
길이 있는 걸 안다

눈 없는 물고기

오래된 암흑의 굴 고여 있는 물속에는
볼 수 없어 필요 없는 눈이 사라져버린
이름도 눈 없는 물고기인 물고기가 살고 있다

수많은 빛살들이 팝콘으로 터지던
너와 보낸 봄날에 나 홀로 갇혀있다
기어이 두 눈을 닫아버린 그 환한 어둠 속에

땅끝에서

울돌목 깊은 바다 물살은 굽이쳐도
바다 위 잔물결은 반짝이며 흐른다
내 안에 깊은 곳 어디 그대를 생각한다

그대 거기 있기에 슬픔도 견딜 만하고
디디고 선 땅끝에도 하늘이 있는 것이다
바람이 조금 숙지고 밤이 맑아 별이 떴다

지문指紋

너도 지금 달을 봐 나도 볼게 하며 보던
그 하늘 끝자락엔 눈 지문이 묻었겠지
너에게 묻은 마음은 지울 수도 없겠지

먼 곳

일하고 볼일 보고 일하고 볼일 보고
가끔은 고개 들어 먼 길을 그려본다
그 길에 지나다니는 고라니 염소가 되어

골목길을 지나서 신호등을 건너서
밭둑의 민들레꽃 언덕의 냉이 되어
가다가 주저앉아서 먼 곳을 바라본다

하회 河回

꽃이 피는 날에도 꽃이 지는 날에도
물은 마을을 안고 마을은 사람을 안고
서로가 놓지 않으니 그런 정분이 없다네

산은 강을 보내며 길을 내어줄 줄을
강은 산을 돌아들며 흘러갈 줄을 알아
그처럼 은근하고도 속 깊은 사랑이 없다네

사막의 신부*

우리 서로 눈빛이 잠시 마주쳤어도

여린 몸 흔들고 가는 한 줄기 바람이야

널 위해 해줄 것 없는
무변광대
외로움

* 키질쿰 사막의 작은 풀꽃

가시풀

끊일 듯 이어지는 소리 있어 돌아보니

고요만이 막막한
메마른
황야였어

조그만 숨소리 있어

돌아보고
보았어

3부

지평선 끝과 끝에서 둥글게 만날 때까지

성聖 저녁

꾹꾹 거리는 새소리
상치 씻는 물소리
도마에 무 써는 소리
돌돌돌 재봉틀 소리
그 소리 아무것 아닌 소리
잊을까 두려워라

이모식당에서

이모! 여기요, 하면
이모 생각이 나요
서방에게 매 맞아 말문을 닫아버리고
바늘에 핏물 들도록 수繡만 놓고 놓던 이모

수틀 위에 피어난 봉숭아꽃이 질 때
정신병원에 갇혀 소문도 없이 갔다는
그렇게 고왔다는 이모,
국밥 하나 주세요

꽃 지는 저녁에 서서

꽃이 졌다는 말을 그리 가볍게 할까
기다렸다는 말을 그리 헤프게 할까
못 잊어 다시 오마는 그 말 차마 못 하리

전해야 할까 옷소매에 바람 찬 날은 와서
비바람에 부친 기별 그대 멀리 들으시리
꽃 지는 저녁에 서서 가슴 아파하시리

초승달 풍경風磬

가시는 그대 하늘 적막하지 않으리

그리우면
깎고
그리우면
깎아

아득한 처마 끝에다 매다는 나무물고기

보고프면
높새로
보고프면
하늬로

구름이 이리저리 삭은 **뼈**를 흔들면

참 맑은 종소리 울려 쓸쓸하지 않으리

딸

짐 빼고 집 내놓고
용돈 통장 해지하고

내 번호만 찍혀있는
휴대전화 정지하고

남기신 경로우대증 품고
울고 나니 적막하다

헛꽃

나의 괴로움 한갓 투정에 불과하고

나의 절망은
한갓
거짓에 불과한 것을

어머니 가시고 나서야
나는
깨달았어요

대천 바다에서

광활한 노을빛이 스러져간 수평선에
씻긴 별자리가 말갛게 올라온다
어머니 가슴 뒤적여 사리를 수습하다

먼 사랑

산으로 가신다면 강으로 가렵니다
앞으로 가신다면 뒤돌아 가렵니다
지평선 끝과 끝에서 둥글게 만날 때까지

노을이 지는 저녁에

저 산은 우러르며 하루의 꽃을 바치는데
무릎 꿇어 꽃 한 송이 바쳐보지 못하고
가을이 벌써 깊어서 수풀이 비어가네

한 아름 들국화를 가슴에 품었어도
전할 수 없는 향기만이 들끓어 속 타는데
그대는 보이지 않고 하늘이 어두워 오네

잿등

고구마밭 따라서 탱자 울을 지나면
어둑해진 정지 앞 감나무에 부엉이
떠나온 외할머니 그리워 눈물짓는 어머니

암탉을 물고 가는 파란 늑대 발꿈치
삽짝에 눈 한 덩이 떨어지는 겨울밤
병들어 마른 얼굴로 돌아눕는 아버지

젖무덤

할머니 할아버지 고향 산에 남겨두고
서울 오던 울 엄마 손수건이 젖을 때
팔달교 다리 넘어서 따라오던 까마귀

삼우

울음은 날아가고
허물만이 남았다

허물 뿐인 내가
이마저 벗게 될까

산으로 오르는 길은
허전하게 누웠다

유르트의 하룻밤

쏟아지는 별빛에 두 눈이 아프더니
밤사이 눈꼬리가 짓물러 버렸구나
누워서 널 안던 자리 거친 사막이었네

장작불에 타오르던 춤은 끝나버렸나
타고 남은 잿더미만 부끄러이 남기고
사람들 서둘러 떠나는 추운 아침이었네

봄물을 기다리며

내 아버지의 유골을 내놓으라 울부짖던

야스쿠니 신사 앞 한국 여자가 뺨을 맞는다

힘 빠진 밥숟가락이
철렁,
떨어진다

이 강산에 흩뿌린 내 아버지 유골 위에

지혈되지 않는 상처를 얼음에 문질러 선

꼿꼿한
푸른 소나무
눈 속에 보러 가야겠다

4 부

가벼운 풍선인형의 춤이 더욱 격렬해진다

고어텍스를 입은 자화상

비가 떠나려나
바람이 떠나려나

비도 같이 맞고
바람도 같이 맞던

사람이 떠나려나 보다
뻣뻣하고 차갑다

폭풍의 예보

뿌리 깊은 나무들이 비바람에 출렁인다
뿌리마저 뽑힐 듯이 허리가 휘어진다
가벼운 풍선인형의 춤이 더욱 격렬해진다

야근하고 양말 사는 남자

캄캄한 바다에서
섬
하나가
걸어온다

희뿌옇게 떠 있는 마지막 노점 불빛

등대를 어깨에 메고
섬
하나가
걸어간다

분리수거

나는 점점
나로부터
빠르게 격리된다

유리
캔
플라스틱
비닐로 해체된다

조만간
나는 나에게서
완전히 배출된다

분실

들꽃은 천국으로 모래는 우주로 가고
그들을 기억하는 그리움의 유전자는
늦은 밤 분실되었다
결국 소실되었다

팡파르를 울리며 전동차가 들어오면
한구석에 찌그러진 무대장치가 되어
고개를 주억거리는 나는
내가 아닌 것이다

예각의 풍경

우중충히 비치는 쇼윈도 불빛들과
공사 중인 차도에 바퀴들 엉겨 있고
좁다란 보도 끝에는 십자가가 걸려있다

이 도시를 견디는 마른 나무 면류관이
낡은 건물 사이에 꼼짝없이 끼어있고
어두운 뒤편 하늘이 예각으로 접혀있다

밥과 자유

뫼비우스의 띠를 따라 돌아들고 나가며
닿을 듯이 스치는 상어와 가오리 틈
자잘한 물고기 떼들 숨어서 붙어 다닌다

거대한 그물이 된 형광 빛 아쿠아리움
바다는 너희 위해 넓고도 푸르건만
유리에 물은 갇혀서 파도치지 않는다

살아있는 나날

온종일 맴을 도는 유리 집 사슴벌레
플라스틱 나뭇가지 들썩들썩 올리고
날마다 커다란 젤리 하나 끌어안고 뒹구네

저렇게나 잘 먹는데 저 힘 다 어디 쓰나
큰 턱으로 땅을 파고 죽고 싶어 몸 던지고
뒹구는 까만 사슴벌레 외로워 머릴 찧네

비단 거미의 죽음

줄은 첨단이라도
아무리 좋은 거라도

제가 친 덫 세상에서 놓여나는 몸뚱이

바람에 마르는 거미 앞에
잘 가시라

묵념

공항에서

지구의 한끝은 어제 도착하기도 하고
지구의 또 한끝은 내일 닿기도 하는데
내일과 오늘과 어제가 정녕 다름이 없었다

컨베이어 벨트에서 멍청히 돌고 있는
어제를 사는 나와 내일을 사는 나를
모르는 짐짝처럼 두고 서둘러 빠져나오다

태항산 대협곡

하늘 닿아 까마득한 가파른 돌계단을

시멘트 자루를 지고 한 남자 올라간다

불볕에 땀을 훔치며 몰아쉬는 거친 숨

그가 가진 전부는 어깨에 댄 수건 한 장

거대한 협곡으로 곧장 떨어질 듯

무거운 하루 품을 지고 직벽에 붙어있다

밤의 갈매기

은은한 달빛 아래 물고기도 잠든 바다
이 면 수평선에서 저 면 수평선으로
암청색 밤하늘을 비행하는 갈매기를 보았다

온몸으로 치솟고 온맘으로 미끄러져
먹이로만 살지 않는 갈매기를 본 적 있다
춤추며 저를 드러내는 선이 하얗게 피어났다

같이 사는 나무

다른 하늘 끝에서 구만리를 날아온
새의 배설물이 떨어진 그곳에서
씨앗은 한 나무줄기를 단단히 디디고 섰다

열대우림에 크던 물 많은 한 나무와
사막 초원에 살던 바람 많은 한 나무가
녹음이 우거지면서 조금씩 닮아간다

아이다르의 음화

구름의 구레나룻이 거뭇하게 자라있다

적막의 흰 뼈들이 화석으로 잠겨 있는

광활한 호수와 하늘이 맞붙는 밤이 온다

골짜기에 흩뿌려진 은한이 눅진하면

우주에서 떨어지는 한 꽃잎의 무게로

별들이 마른 내 입술을 제 입술로 덮는다

사막으로

새는 솟아 시원하게 날아볼 만하고
바람은 가슴 펴고 한껏 불어볼 만한
인생이 육십부터라면 사막에서 시작하자고

5부

호수는 제 얼굴을 가을 하늘에 닦고

붉은 꽃 너머

핏속에 부스럼이
한동안 가려워서

철쭉꽃밭 속에서
꼴딱
죽고 싶더니

이제는
붉은 꽃 너머
구름을 보고 있구나

봄바람 꽃다발

맨 처음의 인류가 무덤가에 놓았던
진달래꽃 한 다발을 오늘도 놓아보며

너무도 오랜 허무를
손 내밀어
더듬다

내 마음 좁다 하며 부딪고 부서지던
눈보라 녹아들고 봄빛이 눈부시면

봄바람 꽃다발 들고
홀연히
이끌려가다

벚꽃 십 리

백 리 천 리 더 멀어 벚꽃이 피는 십 리
낮에는 해 밝아서 햇빛 부셔 못 가고
밤에는 달 밝은 길을 달빛 시려 못 가고
불어오면 꽃 대궐 불어가면 꽃가마
휘날리는 바람만 덩실덩실 타고서
춤추며 흘러가는 길 벚꽃이 지는 십 리

봄의 나비

애인을 기다리는 저 애는 나의 주인
분홍 입술 내밀고 분홍 발바닥 들고
꼬리를 머리에 얹고 배를 핥는 고양이

나른한 햇볕 아래 실눈 뜨고 있지만
소리 없이 우아하게 엉덩이를 흔들며
어느새 사라져버릴지 도무지 알 수 없어

봄 처녀

그 총각의 노래는 종다리가 되었나
나뭇가지 디디고 날아가는 곳마다
못 잊어 꽃이 되었다는 그 처녀 그 꽃송이

햇볕의 켜

오늘
어깨에 햇볕
무거운 아래는

태초부터 여기 내린
그날 그 햇볕의 켜

사람은 가고 또 가고
쌓여온 햇볕의
켜,
켜,

파계사 대낮

만산 잎사귀는 잎마다 연등인데

환하게 불 켜놓고 보살은 어디 갔나

고요해
고요 그마저
찾을 길 없네

오월 종삼역
— 박시교 시인

오가던 말 잠시 끊는 서산포구 바람 불어

나뭇잎이 일렁이는 빈대떡집 창으로

시인의 눈빛에 고여 웃는
마애삼존불
햇살

비의 문장

몸이 더욱 깊으니 으스름 저녁이 와
오시는 어둠 결이 조금 무거워질 때
맨 처음 빗방울 하나 드디어 당도하였네

나뭇가지 금관에 드리운 물방울 곡옥
허공엔 빗금 긋는 투명한 새 발자국
까마득 잃은 주술을 풀어가는 빗소리

내 젖은 마음결이 신성의 숲 속으로
그윽한 비의 문장을 이슥토록 따라가면
맨 나중 빗방울 하나 이윽고 나는 닿아

비와 새

오다 멎다 가랑비
멎다 오다 실비

은핫물 뱃머리엔
옥으로 만든 옥새

빗방울 장대 끝에는
나무로 깎은 나무새

가다 쉬다 고갯길
쉬다 가다 자드락길

북천에 머리 두고
앞서가는 빗소리

두고는 날아 못 가서
젖어 우는 검둥새

야국野菊

찬 서리는 모질고 골짜기는 깊은데
맑고 향기로운 너는 첫날의 너로구나
늙도록 잊지 못하고 덤불밭을 헤매네

아는 가을

똑똑한 줄 알았던 어린 봄을 보내고
잘나가는 줄 알았던 젊은 날을 보내고
사는 게 이런 거구나, 아는 가을이다

하늘과 호수

하늘은 제 얼굴을 가을 호수에 씻고
호수는 제 얼굴을 가을 하늘에 닦고
서로가 맑고 넓고 깊은 거울을 들여다본다

상강

낡은 장롱 서랍에 쇠똥구리 숨 쉬고
젖은 싱크대 아래 두꺼비 잠을 잔다
낮잠 깬 베갯머리엔 갈대꽃 이울었네

시월

다시는 안 오리라 여길 떠나야겠다,
다 끝난 것처럼 너를 보내야겠다는
까물친 그 심사까지도 익을 만큼은 익다

눈 오는 저녁의 시

어둠에 눈이 깊던 맑은 날들을 길어

내 언제 저렇도록 맹목을 위해서만

저무는 너의 유리창에 부서질 수 있을까

무섭지도 않으냐 어리고 가벼운 것아

내 정녕 어둠 속에 깨끗한 한 줄 시로만

즐겁게 뛰어내리며 무너질 수 있을까

해설

시의 자연스러움과 시와 삶의
자연스러운 조화를 향하여
― 김일연 시인의 『너와 보낸 봄날』에 부쳐

장 경 렬(서울대학교 인문대 명예교수)

기起, '하나'인 물빛과 풀빛, 또는 '불이'에 대한 깨달음을 위하여

우리말의 '푸르다'는 서로 다른 두 색조를 아우른다. 예컨대, '물이 푸르다'고 했을 때 '푸르다'는 청색靑色의 색조를 지시하지만, '풀이 푸르다'고 했을 때는 '푸르다'는 녹색綠色의 색조를 지시한다. 이처럼 전혀 다른 두 색조를 하나의 표현이 아우르게 된 이유는 무엇일까. 국어학자 이남덕에 의하면, '푸르다'는 "자연[물]에 대한 관찰에서 출발한 표현"으로 추정할 수 있고 이때의 "자연물이란 '물'과 '풀'"로, "오늘날까지도 이 두 대상에 대한 색채 표현은 '푸르다'라는 하나의 표현으로

하"게 되었다고 한다(『한국어 어원 연구 3』, 62쪽). 요컨대, 물빛과 풀빛은 다르면서도 하나의 표현을 공유하게 된 것이다. 하지만 '청산靑山'이라는 표현은 산이 풀빛을 띠고 있음을 말하는 것일까, 물빛을 띠고 있음을 말하는 것일까. 맑은 날에는 산이 풀빛을 띠지만, 흐린 날에는 하늘과 어우러져 물빛을 띠게 마련이다. 그렇다면, 청산의 색조는 물빛이라고 해야 할까, 풀빛이라고 해야 할까.

내가 이처럼 엉뚱한 생각으로 이끌리는 것은 우리말 시를 영어로 옮길 때 '푸르다'라는 표현을 물빛과 풀빛 가운데 어느 하나로 확정해야 할 때가 적지 않기 때문이다. 하지만 그런 생각에 다시금 젖게 된 것은 김일연 시인이 이번에 펴내는 시집『너와 보낸 봄날』에 수록된「파랑과 초록」과 마주하고서였다. 우선 그 시를 함께 읽기로 하자.

바닷속 물고기를
파랑이다!
초록이다!
파랑이라 우기고 초록이라 우길 때
장난친 햇빛이 웃는다
물고기도 웃는다

파랑에 초록 있고 초록에 파랑 있고
햇빛에 바람 있고 바람에 햇빛 있고
'파도와 고요한 바다
그 둘이
다르지 않다'

　　　　　　　　　　　　　—「파랑과 초록」 전문

　추측건대, 시인은 속이 환하게 비치는 바다를 가까운 사람들과 함께 들여다볼 기회를 갖게 되었던 것이리라. 그리고 그 속에서 물고기가 노니는 모습을 보게 되었던 것이리라. 그런 물고기의 모습을 보자, 한쪽은 물고기의 색깔이 "파랑이다!"라고 외치고, 다른 한쪽은 "초록이다!"라고 외친다. 이는 햇빛이 비친 곳과 그늘진 곳에서 바라볼 때 관찰되는 색조의 차이에 따른 것임을 모르지 않기에, 시인은 "장난친 햇빛"이라는 표현을 작품에 동원한다. 어느 쪽이라고 우기든, "햇빛"이 보기에, 나아가 논란의 대상이 된 "물고기"가 보기에, 이는 우스운 일일 뿐이다.
　파랑인가 또는 초록인가와 같은 논란이 불거졌을 때, 사람들 가운데는 물고기를 잡아 올려 색깔이 물빛인지, 풀빛인지, 아니면 전혀 다른 빛깔인지를 확인함으로써 논란을 잠재우고자 하는 이도 있으리라. 또한 물빛이든 풀빛이든 이는 햇빛의 "장난"에 따른 착시 현상임을 설명함으로써 논란을 잠재우고자 하는 이도 있을 수 있으리라. 어느 쪽이든 합리적인 이해와 판단에 근거하여 논란을 잠재우고자 한다는 점에서는 차이가 없지만, 후자 쪽이 더 현실적인 설득력을 지니는 것으로 판단되는 까닭은 관찰 대상이 처한 '상황'을 판단 기준으로 삼고 있기 때문이다. 물론 시인은 후자의 입장에 서서 상황을 이해하고자 하는 것처럼 보인다. 하지만 그것이 전부는 아닌데, "햇빛이 웃는다/ 물고기도 웃는다"라는 진술은 합리적인 이해와 판단을 넘어서는 것이기 때문이다. "햇빛"과 "물고기"가 "웃는다"니? 이는 바로 합리적인 이해와 판단을 뛰어넘어 '시적으로' 세상을 바라보는 시인의 마음을 반영한 것이다. 모름지기 시인이란 웃음은 인간만의 것이 아니라 이 세상 모든 사물이 잠재적으로 지니고 있는 특성임을 꿰뚫어보는 상상력의 소유자가 아니겠는가.

하지만 시인의 시적 관찰과 사유는 여기서 끝나지 않는다. 두 수로 구성된 연시조 형식의 작품인 「파랑과 초록」의 둘째 수에 이르러 시인은 시적 세계 이해에서 철학적 사유로 옮겨 가는데, "파랑에 초록 있고 초록에 파랑 있고/ 햇빛에 바람 있고 바람에 햇빛 있고"에 담긴 철학적 깊이는 결코 쉽게 헤아릴 수 있는 것이 아니다. 이는 세계를 '차이'에 근거하여 둘로 나누고 이에 따라 세상을 이해하고자 하는 이분법적 또는 이원론적 세계관에 대한 비판적 시각을 드러낸다는 점에서 그러하다. 순전한 추론이긴 하지만, "파랑"과 "초록"을 둘이 아닌 하나로 받아들이고자 하는 일원론적 에토스가 우리 민족의 정신세계 저변을 이루고 있기에, 물빛과 풀빛을 '푸르다'라는 하나의 표현에 아우르게 된 것은 아닐지?

그런 맥락에서 보면, 어찌 "햇빛"과 "바람"조차 둘일 수 있겠는가. "햇빛"과 "바람"은 촉감을 통해 감지되긴 하지만, 그럼에도 여전히 그 자체를 눈으로 확인할 수도 없고 손으로 잡을 수도 없는 자연 현상이다. 그런 의미에서 보면, 이 둘은 존재하지만 동시에 존재하지 않는 것일 수 있다. 따라서 우리의 오감을 동원하여 이 둘을 나누어 이해하려는 시도 자체가 물고기의 색깔을 "파랑이라 우기고 초록이라 우[기는]" 것과 다름없는 우리의 '우스운' 마음가짐에서 나온 것일 수 있다. 이 같은 깨달음을 다시금 확인케 하는 것이 원효의 말씀인 "파도와 고요한 바다/ 그 둘이/ 다르지 않다"로, 파도가 몰아치는 바다는 바람의 존재를 암시한다면, 고요한 바다는 이를 비추는 햇빛(또는 달빛 또는 별빛)의 존재를 암시한다는 점에서 그러하다. 다시 말해, "바다"는 바람과 햇빛의 존재를 우리에게 감지케 하지만, 그것이 존재하면서도 존재하지 않은 햇빛과 바람이라는 자연 현상에 따른 것이기에 둘은 달라 보일 뿐, 궁극적으로 다른 것이 아니다. 바다는 여전히 '있는 그대로' 바다일 따름이다. 이 엄연한 진실을 외면한 채, 바람과 햇빛처럼 있으면서 없고 없으면서 있는 무상無常한 자연 현상에 기대어 구분하고자 하는 것 자체가 얼마나 헛되고 부질없는 일인가. 자연의 자연스러움에 이르기 위해서라면, 우리는 이처럼 자연을 둘로 나누고 차별하는 일에서, 둘 가운데 하나를 택하거나 우기는 일에서 벗어나야 하는 것이 아닐지? 어찌 자연만이 문제되랴. 인간을 인간답게, 삶을 삶답게, 나아가 시를 시답게 하는 일조차 이처럼 나누고 차별하는 일에서, 어느 하나를 택하거나 우기는 일에서 벗어나, 둘로 나뉜 것으로 보이지만 '둘이 아님'을, 즉, '불이不二임'을 깨닫는 데서 가능한 일이 아닐까.

　시인이 인용한 원효의 말씀에 담긴 것은 바로 이 같은 '불이의 경지'에 대한 깨달음이다. 세상이란 주체와 객체, 인간과 자연, 나와 너, 안과 밖, 삶과 죽음, 육체와 영혼 등등 '둘'로 나뉘어 있는 것처럼 보이지만 본질적으로 둘이 아님을 깨닫는 것, 그것이 『너와 보

낸 봄날』에서 우리가 확인할 수 있는 시 세계의 기본
정조이자 화두가 아닐지? 따지고 보면, '불이'의 경지
에 대한 깨달음을 기본 정조로 삼되, 이를 화두로 삼
아 세상과 삶을 이해하고자 할 뿐만 아니라 시를 창작
하는 일과 관련해서조차 시와 시인 또는 시와 삶이 자
연스럽게 '하나'가 되는 경지를 추구하고자 하는 것이
어찌 어느 한 특정 시인만의 목표일 수 있겠는가.

승承, 시와 시 쓰기의 자연스러움을 위하여

　모두 5부로 이루어진 김일연 시인의 시집 『너와 보
낸 봄날』의 제1부에는 '시다운 시란 무엇인가'에 대한
사유로 독자를 이끄는 작품들이 적지 않는데, 이는 물
론 우리가 앞서 논의한 불이의 개념과도 밀접한 관계
가 있다. 그런 작품 가운데 우리가 먼저 주목해야 할
것은 단시조 형식의 작품인 「홍시」다.

　　가을
　　깊어갈수록
　　밤이
　　길어갈수록

첫새벽 문을 여는
일출 빛으로 익는다

꼭지가 마르지 않으면
물을
잃지 않으면

—「홍시」 전문

    감이 익어 홍시가 되는 과정을 묘사하고 있는 이 작품의 초장에서 시인이 주목하고 있는 것은 시간이다. "가을/ 깊어갈수록/ 밤이/ 길어갈수록"이 일깨우는 것은 시간의 흐름이라는 점에서 그러하다. 한편, 시인에 의하면, 감이 익어 홍시가 되기 위해서는 물이 필요하다. 즉, "꼭지가 마르지 않"을 만큼의 "물"을 "잃지 않"아야 한다. 그럼으로써 감은 "첫새벽 문을 여는/ 일출 빛"의 "홍시"가 될 수 있다는 것이다. 여기서 우리는 "물"이 "빛"으로 바뀐다는 시적 메시지를 읽을 수 있거니와, "홍시"는 "물"과 "빛"이 '둘이 아님'을 예시例示하는 자연 현상으로서의 의미를 갖는다. 하지만 이런 식의 시 읽기는 작품에서 '불이'의 개념을 어떻게 해서든 읽어내기 위한 '억지'일 수도 있겠다. 이 같은

'억지'를 경계하면서도 우리가 여전히 이 시를 주목하고자 하는 것은 세상사의 자연스러움이 갖는 소중한 의미에 대한 시인의 관찰을 지나칠 수 없기 때문이다.

세상사의 자연스러움이 갖는 의미에 대한 시인의 관찰을 지나칠 수 없다니? 이와 관련하여, 우리는 이 시와 함께 이번 시집의 제1부를 여는 「백합의 노래」를 주목하지 않을 수 없는데, 이는 자연 현상을 노래하는 시이지만, 그 이상의 함의를 감출 듯 드러내고 있기 때문이다.

　　그 어떤 칼날로도 너를 열 수가 없어

　　연한 소금물 속에 가만히 담가놓았지

　　세상의 이슬방울 속에 노래를 담가놓았지
　　　　　　　　　　　　　　—「백합의 노래」 전문

감이 자연스럽게 홍시가 되기 위해 무엇보다 시간이 필요하듯, 백합이 자연스럽게 열리기 위해서는 "연한 소금물"이 필요하다. 실제로 연한 소금물에 담가놓으면 백합은 입을 벌리고 개흙이나 모래와 같은 이물질을 토해낸다. 물론 시인의 말과는 달리 "칼날"을 이용하여 억지로라도 열려고 하면 백합을 열 수도 있다. 마치 속성의 숙성 과정을 동원하여 감을 억지로 홍시로 만들 수 있듯. 하지만 억지로 익혀 얻은 홍시는 제맛을 내지 못한다. 그렇듯, 억지로 입을 연 백합도 개흙이나 모래로 인해 제맛을 즐길 수 없게 한다. 문제는 단시조 형식의 작품인「백합의 노래」에서 시인이 전하고자 하는 시적 메시지는 이것이 전부가 아니라는 점이다. 이 시의 종장에서 시인은 "노래"—즉, 시인에게 '시'—도 억지로 얻으려 해서 얻어지는 것이 아님을 암시한다. 말하자면, "노래"를 "세상의 이슬방울 속"에 "담가 놓"아야 비로소 자연스러운 노래, 노래다운 노래가 가능할 것임을 시인은 암시한다. 여기서 우리는 자연의 "백합"과 인간의 "노래"가 '다르지 않은 하나'라는 메시지를 읽을 수 있지 않을까. 마찬가지 논리로, 자연의 "홍시"와 인간의 "노래"도 '둘이 아닌 하나'라는 메시지를 여기서 읽을 수도 있다. 어디 그뿐이랴. 발갛게 익은 "홍시"와 입을 벌린 "백합" 역시 서로 다른 자연 현상이지만, 궁극적으로 자연스러운 완성을 암시한다는 점에서 이 역시 서로 다른 것이 아니라는 메시지를 읽을 수도 있으리라.

자연의 자연스러움이 지니는 가치에 대한 시인의 관찰은 여기서 끝나지 않는다. 특히 시 창작과 관련하

여 이 문제를 다시금 짚어보지 않을 수 없음은 다음과
같은 작품이 있기 때문이다.

노도에 휩쓸리던 한 잎의 조각배가

질풍을 가라앉힌 드맑은 날에 닿아

마음이
백지 하나로
펼쳐지는 거기에

　　　　　　　　　　　　—「불이선란不二禪蘭」 전문

이 작품의 제목을 이루는 "불이선란"은 추사 김정희
의 그림인 〈불이선란도不二禪蘭圖〉에 담긴 난蘭를 지칭
하는 표현이다. 이 그림의 화폭에는 한 편의 제시題詩
와 여러 편의 발문跋文이 난화를 둘러싸고 있는데, 여
기에 추사는 자신의 그림에 대한 일종의 자평自評을
비롯하여 누가 이 그림의 소유하게 되었는지의 사연
까지 여러 내용을 담고 있다. 이 가운데 무엇보다 우
리의 눈길을 끄는 것은 제시를 통해 추사가 자신이 그
린 난을 유마維摩의 불이선不二禪에 견주고 있다는 점이
다. 이러한 추사의 자평을 어떻게 이해해야 할까. 결

코 쉽게 답하기 어려운 이 물음과 관련하여 우리 나름의 이해를 사족蛇足처럼 붙이자면, 세계와 인식 또는 객관과 주관은 둘이 아니라는 것, 실체로서의 객관적 난과 화가가 인식하는 주관적 난은 둘이 아니라는 것, 그림을 통해 '둘이 아닌 하나'인 이 같은 경지에 이르렀다는 것이 아닐지? 이와 관련하여, 모든 미술 전문가가 동의하듯, 〈불이선란도〉의 난화에서는 여타의 난화에서와 달리 그 어떤 기교도, 작위도 감지되지 않는다는 점을 주목해야 할 것이다. 또한, 이를 뒷받침하듯, 추사는 제시와 발문을 통해 문제의 난화는 의도치 않았는데 우연히 얻은 것임을, 붓 가는 대로 자유롭게 그림으로써 얻은 결과임을 밝히기도 한다. 그만큼 〈불이선란도〉에 담긴 난화는 꾸밈없이 자연스럽다. 바로 이 같은 자연스러움을 추사는 불이선의 경지에 이른 것에 빗대어 말하고 있는 것이 아닐지?

김일연 시인이 "홍시"나 "백합"을 시의 소재로 삼은 것은 이 같은 자연스러움—즉, 추사의 〈불이선란도〉에서 감지되는 것과 같은 자연스러움—에 대한 시인의 경외감에 따른 것이리라. 사실 자연스러움에 대한 시인의 경외감은 이번 시집을 여는 「시인의 말」에서도 확인되는데, 시인은 이렇게 말한다. "백합조개가 연한 소금물 속에서 스르르 입을 벌리듯이, 노래가 세상의 이슬방울 속에서 가만히 입술을 여는 그때를 기다려 보리라." 이는 물론, 백합조개가 자연스럽게 스르르 입을 열듯, 노래도 자연스럽게 스르르 입을 열 때가 있을 것이라는 시인의 믿음을 담은 것이다. 정녕코, 서양의 분석적 과학 정신에 익숙해져 있는 사람들이 보기에, 홍시가 익거나 백합이 입을 벌리는 것은 자연의 현상이고 그림을 그리거나 시를 쓰는 일은 인간의 행위로 명백하게 구분될 것이다. 하지만 어찌 자연과 인간이 하나가 아닌 둘일 수 있겠는가. 결국에는 모두 하나가 아니겠는가.

단시조 형식의 시조인 「불이선란」은 추사의 그림이 일깨우는 바에 기대고 있다 해야 하겠지만, 시의 소재는 그림과 무관하다. 초장에서 시인은 "노도"에 휩쓸려 떠도는 "한 잎의 조각배"를 상상 속에 떠올린다. 곧이어 중장에 이르러 "조각배"가 "질풍을 가라앉힌 드맑은 날에 닿"는 것을 상상한다. 이때의 "노도"는 현실이라는 삶의 현장을, "조각배"는 삶의 현장에 몸과 마음을 맡긴 시인을, "드맑은 날"은 시인이 삶의 현장에 몸과 마음을 맡긴 채 떠다니다 마침내 가 닿는 창작의 순간—즉, 시가 탄생하는 "드맑은" 순간—을 암시하는 것일 수 있으리라. 종장의 "마음이/ 백지 하나로/ 펼쳐지는 거기에"에서 "거기"는 "드맑은 날"을 지시하는 것으로 볼 수 있거니와, "드맑은 날"에 "마음이/ 백지 하나로/ 펼쳐[짐]"은 곧 시가 "백지"와도 같은 시인의 "마음"을 절로 자연스럽게 물들이게 되었음을 암시하는 것은 아닐지? 추사의 〈불이선란도〉에 기대어 말하자면, "불이선란"이 화폭에 모습을 자연스럽게 절로 드러내듯, 시다운 시가 "마음이/ 백지 하나로/ 펼쳐지는 거기에" 모습을 절로 자연스럽게 드러내는 황홀한 광경을 시인은 상상 속에서, 그것도 실제의 눈을 동원해서든 심안心眼으로든 추사의 〈불이선란도〉를 응시한 채, 그리고 있는 것이리라.

'시다운 시란 시가 자연스럽게 그 모습을 드러내는 바로 그 순간에 탄생하는 것'이라는 깨달음은 오랜 창작의 연륜이 김일연 시인에게 선사한 값진 선물일 것이다. 그리고 시인의 이 같은 깨달음은 이제까지 논의한 「홍시」「백합의 노래」「불이선란」과 같은 작품이 증명하듯 시인 스스로 창작의 과정에 터득한 것으로 보인다. 물론 이 같은 깨달음은 김일연 시인만의 것이 아니다. 일찍이 독일의 시인 라이너 마리아 릴케Rainer Maria Rilke는 『오르페우스에의 소네트』Sonette an Orpheus에서 참다운 노래는 "욕망"Begehr이 아니라 "존재"Dasein임을 설파한 바 있거니와, '존재의 시론'으로 요약될 수 있는 그의 시적 사유에서도 무엇보다 소중한 것은 노래의 자연스러움이다. 릴케에 의하면, 참다운 노래는 "마침내 얻을 수 있는 무언가를 향한 투쟁" Werbung um ein endlich noch Erreichtes일 수 없다. 무언가를 얻고자 하는 욕망이 낳은 노래 또는 투쟁을 통해 억지로 끌어낸 노래는 결국 "소진消盡, verrinnen될 것"이기 때문이다. 그가 생각하는 참다운 노래란 "아무것도 바라지 않는 숨결"Ein Hauch um nichts과 같은 노래, "신의 내부에서 이는 가벼운 움직임"Ein Wehn im Gott과 같은 노래로, 비록 서로 다른 사유의 지평에 기대고 있긴 하지만 릴케가 말하는 참다운 노래 또는 '존재의 시'는 김일연 시인이 꿈꾸는 '엷은 소금물에서 저절로 입을 연 백합과도 같은 시'와 '다르지 않은 하나'다.

전轉, 시와 삶의 자연스러운 조화를 위하여

우리가 이제까지 살펴본 작품들은 모두 제1부에 수록된 것으로, 모두 5부로 나뉘어 있는 『너와 보낸 봄날』에 수록된 작품 가운데 제1부의 작품들은 대체로 시 쓰기의 문제를 비롯하여 삶에 대한 철학적 사유를 일깨우는 것들이다. 한편, 제2부에서 제4부까지의 작품은 인간의 삶에 대한 시인의 시적 이해와 관찰과 명상을 담은 것으로 보인다. 하지만 시인이 이를 굳이 여러 묶음으로 나눈 이유는 무엇일까. 제2부에서 '사랑'이라는 인간사의 난제難題, aporia가 시인의 시적 성찰의 주제가 되고 있다면, 제3부에서는 명상의 대상이 되고 있는 것은 이제 곁에 없지만, 마음속에 살아 있는 사랑하는 이들에 대한 그리움이다. 한편, 제4부에서는 현실이라는 삶의 현장에서 인간이라면 누구나 느낄 법한 삶의 외로움이나 위태로움 등등 인간의 감정에 대한 시인의 상념이 두드러지게 감지된다. 어떤 경우든, 인간의 삶에 대한 깊은 성찰이라는 점에서는 모두가 '다르지 않은 하나'일 수도 있겠다. 마지막의 제5부는 제2부에서 제4부까지의 작품과는 소재 면에서 차이를 감지케 하거니와, 여기서는 계절의 변화와 같은 자연 현상이 일깨우는 인간의 정서에 대한 시인의 추적이 감지된다.

　제2부에서 제4부까지 이어지는 인간의 삶에 대한 시인의 시적 명상과 관련하여 우리가 우선 문제 삼고자 하는 것은 제2부에서 다룬 사랑의 문제다. 제2부를 여는 작품인 「슬픔의 약」에서 시인은 '사랑의 기쁨'과 대립되는 감정인 '잃어버린 사랑의 아픔'에 초점을 맞추고 있는데, "뼈를 다친 곳은 약으로도 고칠 수 없[다]"는 시인의 판단은 물론 사랑을 잃어버린 사람의

아픔을 암시하는 것이리라. 다만 "시간의 습포를 대고 기다릴 수밖에" 없다는 그의 판단은 인간의 감정조차 인위적으로 어쩔 수 없다는 메시지가 짙이기도 하는데, 여기서 우리는 시인이 '삶조차 자연스러운 것'이어야 함을 노래하고 있음을 확인할 수 있다.

한편, 사랑의 감정과 관련하여 특히 우리의 시선을 모으는 또 한 편의 작품은 「얼마나 다행이냐」로, 여기서 시인은 누군가를 사랑하는 일을 "롤러코스터"를 타고 "공중의 낭떠러지"로 떨어졌다가 "공중제비"를 돌고 "제 자리"로 돌아오는 것에 비유한다.

> 공중의 낭떠러지로 롤러코스터 떨어지며
> 눈 감을 수 있다는 게 얼마나 다행이냐
> 끝끝내 사랑하면서 눈 감아 줄 수 있다는 게
>
> 공중제비를 돌고 제 자리에 돌아오면
> 눈 뜰 수 있다는 게 또 얼마나 놀라우냐
> 마침내 나를 버리고 너를 볼 수 있다는 게
> ―「얼마나 다행이냐」 전문

두 수로 이루어진 이 연시조에서 시인은 낭떠러지와 공중제비, 떨어지는 것과 돌아오는 것, 눈을 감는 것과 눈을 뜨는 것 사이의 대비를 통해 롤러코스터를 타듯 내내 전율戰慄에 휩싸이는 것이 누군가를 사랑하는 일임을 생생하게 전한다. 사실 "공중의 낭떠러지"로 떨어질 때 눈을 감듯, 때로 사랑하는 사람의 잘못이나 허물에 "끝끝내" 눈을 감아야만 할 때가 있는 법이다. 하지만, "공중제비"를 돌고 제자리로 돌아와 감은 눈을 뜨듯, 사랑하는 사람이라면 다시금 그를 사랑의 눈으로 보아야 하는 법이다. 아마도 롤러코스터를 타고 "공중의 낭떠러지"로 떨어질 때 누구도 제정신이 아니리라. 이 순간을 넘기고 "마침내 나를 버리고 너를 볼 수 있"게 되는 것, 바로 이 경지에 이르는 것이야말로 진정한 의미에서의 사랑이 아니겠는가. 누군가를 사랑하는 일이란 엄청나게 복잡하고도 미묘한 감정의 움직임을 경험하고, 때로 극에서 극으로 오르내리는 감정의 기복을 견디어야 하는 일이 아닐 수 없다. 수많은 문학 작품의 주제가 되어 온 사랑이라는 이 주제를 다루기 위해서는 엄청난 지면이 요구되기도 하지만, 김일연 시인은 여섯 행에 불과한 연시조 안에 이를 함축하여 담고 있다. 놀이공원에서 가서 롤러코스터를 타는 일이야 아이든 어른이든 누구나 즐길 수 있는 수많은 놀이 가운데 하나일 수 있지만, 이에 기대어 시인은 누군가를 사랑하는 일이 어떤 것이

어야 하는가라는 오묘한 인간사의 난제를 자연스럽게 시화詩化하고 있는 것이다. 이야말로 '엷은 소금물에서 저절로 입을 연 백합'과도 같은 시일 수 있으리라.

사랑이라는 주제에 관한 한, 역시 두 수로 이루어진 연시조인 「눈 없는 물고기」도 주목을 요하는 작품이다.

오래된 암흑의 굴 고여 있는 물속에는
볼 수 없어 필요 없는 눈이 사라져버린
이름도 눈 없는 물고기인 물고기가 살고 있다

수많은 빛살들이 팝콘으로 터지던
너와 보낸 봄날에 나 홀로 갇혀있다
기어이 두 눈을 닫아버린 그 환한 어둠 속에
                                        ─「눈 없는 물고기」 전문

이 작품의 첫째 수에서 시인이 말하는 "볼 수 없어 필요 없는 눈이 사라져버린/ 이름도 눈 없는 물고기"가 지시하는 바는 무엇일까. 이는 물론 자연에 존재하는 물고기를 말하는 것일 수도 있지만, 이 역시 사랑을 하는 사람에 대한 비유로 이해할 수도 있다. 사랑에 빠진다는 것은 곧 "볼 수 없어 필요 없는 눈이 사라져버린" 상태로 진입하는 것이라는 점에서 그러하다.

무엇보다 사랑이란 '맹목적인 것'일 수 있기 때문이다. 하지만 누군가를 사랑하는 일이란 단순히 "오래된 암흑의 굴 고여 있는 물속"에 갇혀 있는 것과 같은 것일 수는 없다. 이를 암시하는 것이 둘째 수로, 여기서 시인은 "수많은 빛살들이 팝콘으로 터지던/ 너와 보낸 봄날"에 자신이 '갇혀 있음'을 노래한다. 마치 "눈 없는 물고기"가 "암흑의 굴 고여 있는 물속"에 갇혀 있듯. 아무튼, "빛살들이 팝콘으로 터[진다]" 함은 이중의 상황을 암시하는 것으로, "팝콘으로 터"지는 순간의 "빛살"들은 세상을 환하게 밝히지만 바로 그 순간에 우리의 눈은 밝아지는 동시에 잠시나마 멀게 마련이다. 마치 한밤중에 어두운 곳에서 누군가가 우리를 향해 갑작스럽게 회중전등을 비췄을 때 그러하듯. 다시 말해, 빛과 어둠은 함께 오는 법이고, 이처럼 빛과 어둠 사이의 경계가 무화無化할 때가 있다. 바로 이 같은 경지야말로 "기어이 두 눈을 닫아버린" 상태에서 감지하는 "환한 어둠"이 아니겠는가. 요컨대, 빛과 어둠이 '둘이 아닌 하나'인 경지, 환하면서도 어둡고 어두우면서 환한 경지, "그 둘이/ 다르지 않"은 오묘한 경지, 그것이 바로 사랑의 경지일 수 있다.

시인이 말하는 '엷은 소금물에서 저절로 입을 연 백합'과도 같은 시로 평가할 수 있는 예를 제3부에서도 찾자면, 우리는 「딸」을 앞세울 수 있다.

짐 빼고 집 내놓고
용돈 통장 해지하고

내 번호만 찍혀있는
휴대전화 정지하고

남기신 경로우대증 품고
울고 나니 적막하다

—「딸」 전문

제목이 암시하듯, 이는 시인이 어머니를 여의고 난
뒤의 소회所懷를 전하는 작품이다. 누구나 그렇겠지
만, 어머니를 여의었을 때의 슬픔과 막막함을 어찌 말
로 다 표현할 수 있으랴. 슬픔과 막막함을 말로 표현
하기 어려울 때 사람들은 종종 과장법誇張法이라는 수
사적 장치에 기대어 자신의 감정을 드러내고자 한다.
또는 감정을 담은 온갖 표현을 절제 없이 토하게 마련
이다. 하지만 그렇게 해서 언어화된 표현들은 릴케의
말대로 곧 '소진된다.' 다시 말해, 타인의 마음에 이르
기 전에 무화無化한다. 이를 알면서도 과장법과 절제

없는 언어 표현을 동원하는 것이 우리네 인간이다. 심지어 언어의 장인匠人임을 자처하는 시인들에게도 이는 예외가 아니다. 바로 이 때문에 김일연 시인의 「딸」은 예외적인 작품이 아닐 수 없다. 이 시에서는 과장의 언어도, 절제를 잃은 언어도 짚이지 않는다. 심지어 어머니를 여의고 느끼는 슬픔과 막막함이 시적 표현으로 자연스럽게 발현될 때까지 상당 시간 기다렸다는 느낌을 주기도 한다. 즉, 어머니의 유품을 정리할 때까지 기다렸던 것으로 보이기도 한다. 마치 백합이 저절로 입을 열 때까지 기다리듯.

　이 시에서 시인은 어머니가 세상을 떠난 뒤의 슬픔과 막막함을 직설적인 언어로 이야기하고 있지 않다. 다만 어머니가 세상을 떠나면서 남긴 것이 무엇인지를, 그리고 어머니가 떠난 뒤에 마침내 해야 했던 일이 무엇인지를 말하고 있을 뿐이다. 시인은 어머니가 남긴 "짐"을 "빼고" 어머니가 살던 "집"을 "내놓고" 어머니가 갖고 있던 "용돈 통장"을 "해지"한다. 모두가 어머니가 남긴 삶의 흔적이다. 이제 시인에게 어머니는 다만 그와 같은 흔적으로, 그것도 정리해야 할 삶의 흔적으로 남아 있을 뿐이다. 여기서 우리는 어머니가 남긴 "짐"과 어머니가 살던 "집"과 어머니가 사용하던 "용돈 통장"을 통해 어머니를 되살리는 시인과 만날 수 있거니와, 어머니의 "짐"과 "집"과 "용돈 통장"은 어머니의 삶을 이루고 있던 세세한 편린片鱗들에 해당하는 것이다. 놀랍게도 인간의 언어 표현은 이처럼 부분을 통해 전체를 되살릴 때 그 호소력이 더욱 강해지는 법이다. 이와 관련하여 우리는 로만 야콥손 Roman Jakobson의 환유metonymy와 은유metaphor에 대한 논의를 떠올리지 않을 수 없는데, 야콥손은 특정 대상의 세세한 부분에 주목함으로써 문제의 대상을 더욱더 생생하게 사실적으로 일깨우는 수사 전략이 환유임을 밝힌 바 있다. 이처럼 어머니가 남긴 삶의 편린인 "짐"과 "집"과 "용돈 통장"에 눈길을 줌으로써 시인은 세세하게 어머니의 삶을 자신의 마음에, 그리고 시인의 시를 접하는 우리에게 일깨운다. 또한 "빼고"와 "내놓고"와 "해지하고"라는 일련의 동사적 표현까지 시인의 상실감을 있는 그대로 전하는 역할을 수행하기도 한다.

하지만 이것으로 전부가 아니다. 이제 시인의 곁에 없는 어머니의 존재를 더욱더 생생하고 가슴 아프게 일깨우는 것이 있거니와, 우리는 이를 시조의 중장에 해당하는 둘째 연에서 확인할 수 있다. 시인은 "짐"과 "집"과 "용돈 통장"를 정리하고, 이어서 어머니의 "휴대전화"를 "정지"한다. 그런데 이 휴대전화에 찍혀 있는 것은 "내 번호"뿐이다. 어머니가 살아생전에 최소한 전화로 이야기를 나눌 수 있었던 사람은 "딸"인 시인뿐이었던 것이다! 어찌 이보다 더 간명하게 어머니의 외로운 삶을 전할 수 있겠는가! 그나마 "딸"이 있었기에 시인의 어머니는 바깥세상과 소통할 수 있었던 것이다. 하지만 한 노인의 고적한 삶을 일깨우는 것만으로 둘째 연에 담긴 시적 진술의 함의가 소진되는 것은 아니다. 무엇보다 여기서 우리는 어머니가 견디어야 했던 고독을 언뜻 확인하고 미어지는 마음을 추스르는 시인의 마음을 함께 감지할 수 있지 않은가.

시조의 기승전결起承轉結이라는 의미 전개 구조의 '전'에 해당하는 종장의 앞부분에 해당하는 셋째 연의 첫째 행이 의미하는 바도 의미심장하다. "짐"과 "집"과 "용돈 통장"은 물론 "휴대전화"도 정리해야 할 어머니의 흔적이지만, 그럴 필요가 없는 것이 있으니 그것은 바로 "경로우대증"이다. 이제 어머니는 다만 "경로우대증"으로 시인에게 남은 것이다. 어찌 시인이 이를 품고 눈물을 흘리지 않을 수 있겠는가. "짐"과 "집"과 "용돈 통장"과 "휴대전화"를 정리하면서도 시인의 마음은 눈물로 가득했을 것이다. 하지만 "경로우대증"이 정리할 필요가 없는 어머니의 흔적임을 깨닫는 순간 어찌 울음을 참을 수 있겠는가. 이 시의 마지막을

장식하는 "울고 나니 적막하다"가 감상感傷을 드러내는 표현임에도 불구하고, 감상적으로 읽히지 않는 이유는 무엇인가. 이는 정리할 필요가 없기에 있는 그대로 간직해도 되는 어머니의 유일한 흔적이 "경로우대증"이라는 사실이, 어머니가 이토록 사소한 흔적으로만 남아 있게 되었다는 사실이 전하는 인간사의 무상함 때문이 아닐지?

이 같은 인간사의 무거운 진실을 전하면서도 「딸」에 담긴 시인의 언어는 무겁지 않고 자연스럽다. 이처럼 세상을 떠난 어머니에 대한 그리움을 담은 작품 가운데 「딸」과 마찬가지로 인간사의 진실을 전하면서도 무겁지 않고 자연스러운 시어로 이루어진 작품들 가운데 한 편을 더 고르자면 이는 「헛꽃」이다.

나의 괴로움 한갓 투정에 불과하고

나의 절망은
한갓
거짓에 불과한 것을

어머니 가시고 나서야
나는

깨달았어요

—「헛꽃」 전문

　미리 깨우치지 못할 만큼 허점투성이의 존재가 인간이다. 어찌하여 인간은 때늦어서야 깨우침에 이르고 이로 인해 슬퍼해야 하는가. 미리 깨우치고 미리 대처하는 슬기로움이 인간에게 허락되지 않는 이유는 무엇인가. 동어반복으로 들릴지도 모르겠지만, 그 이유는 인간이란 허점투성이의 존재이기 때문이다. 중요한 것은 때늦은 깨우침마저 모든 인간에게 주어지는 것이 아니라는 데 있다. 「헛꽃」이 소중한 인간사의 이야기임은 이 때문이다. 이 시에서 시인은 "어머니 가시고 나서야" 얻은 깨달음이 무엇인지를 밝히고 있는데, 그것은 "나의 괴로움 한갓 투정에 불과하고// 나의 절망은/ 한갓/ 거짓에 불과한 것"이라는 깨달음이다. 「딸」이 암시하듯, 시인의 어머니가 전화로 바깥 세상과 이야기를 나누고자 할 때 유일한 통로는 딸이었다. 추측건대, 어머니가 살아계실 당시 시인은 삶이 자신을 옭아매는 "괴로움"과 "절망"에 마음이 빼앗겨 어머니의 외로움에 크게 마음을 쓰지 않았는지도 모른다. 하지만 "내 번호만 찍혀있는/ 휴대전화"와 마주하는 순간에 시인은 문득 깨달았을 것이다. 어머니의

"괴로움"과 "절망"을. 따지고 보면, 삶의 막바지에 이르러 엄습하는 외로움에 괴로워하고 절망하던 이가 어찌 시인의 어머니뿐이겠는가. 또한 이를 덜어 줄 사람이 자신밖에 없었음에도 이에 무심했다는 자책감에 괴로워하는 자식이 어디 시인뿐이겠는가. 이는 누구에게나 있을 법한 정황일 것이다. 자신의 "괴로움"이 "한갓 투정에 불과하고" 자신의 "절망은/ 한갓/ 거짓에 불과한 것"임을 스스럼없이 털어놓는 시인의 고백에 우리가 모두 공감할 수 있음은 이 때문이다.

공감의 강도를 한층 높이는 것이 이 시의 마지막 연으로, 여기서 시인은 뼈저린 후회의 마음을 드러내면서도 그 어떤 탄식의 언사나 과장된 수사를 동원하고 있지 않다. 시인은 다만 이렇게 말할 뿐이다. "어머니 가시고 나서야/ 나는/ 깨달았어요." 이 같은 시적 진술에서는 그 어떤 언어적 기교도, 가식도, 장식도 찾을 수 없다. 하지만 이처럼 꾸밈없는 발화도 의미로 충만한 시의 한 구절이 될 수 있는 것이다. 이 같은 일이 어찌해서 가능한가. 이는 누군가의 심금을 울리는 멋진 시를 쓰겠다는 시인의 욕망이 있었기 때문이 아니다. 다만 슬픔과 후회의 마음이 시간의 흐름이라는 "엷은 소금물"의 영향을 받아 백합이 입을 열 듯 자연스럽게 그 문을 열었기 때문이리라.

김일연 시인은 제4부에서도 삶에 대한 자신의 이해와 관찰이 시로 자연스럽게 무르익는 순간을 향한 기다림의 눈길을 멈추지 않는다. 이를 보이는 작품들 가운데 우리의 눈길을 끄는 예를 들자면, 때로 "폭풍"과도 같은 격정에 휩싸이는 인간의 마음을 "가벼운 풍선 인형의 춤"에서 감지하는 「폭풍의 예보」, "우리 집 사슴벌레"에 대한 관찰이 계기가 되어 인간의 외로운 삶과 존재 조건에 대해 성찰을 이어가는 「살아있는 나날」, 해외여행의 과정에 보고 느낀 바에 기대어 삶의 위태로움과 외로움을 생생하게 가늠하는 「태항산 협곡」과 「사막의 신부」, "온몸으로 치솟고 온맘으로 미끄러져/ 먹이로만 살지 않는" 밤하늘의 "갈매기"를 바라보며 마음자세를 가다듬는 「밤의 갈매기」 등이 있다. 물론 이들 작품 모두가 개별적인 논의가 뒤따라야 하겠지만, 우리의 논의가 이미 예상 지면을 초과했다는 점을 감안하여 이처럼 간결하게 언급하는 것으로 만족하기로 하자.

결結, 다시, '불이'에 대한 깨달음을 위하여

　　이제 우리의 논의를 마감할 때가 되었다. 하지만 아

직 논의 대상으로 삼지 않은 제5부의 작품들이 있는 것도 사실이다. 이처럼 제5부에 대한 논의를 여기까지 미룬 것은 의도적인 것으로, 자연에 대한 관찰이 두드러지는 이 부분의 작품은 이제까지 다룬 작품들과 성격이 다를 뿐만 아니라, 제1부의 작품들과 마찬가지로 무언가 본질적인 문제 제기를 가능케 한다는 점에서 별도의 논의가 필요하다고 판단되었기 때문이다. 이 같은 우리의 논의는 제5부에 수록된 작품 가운데 단 한 편에 집중하여 전개될 수도 있거니와, 우리가 무엇보다 문제 삼고자 하는 작품은 바로 「하늘과 호수」다.

> 하늘은 제 얼굴을 가을 호수에 씻고
> 호수는 제 얼굴을 가을 하늘에 닦고
> 서로가 맑고 넓고 깊은 거울을 들여다본다
> —「하늘과 호수」 전문

우리가 논의를 시작하면서 소재로 삼았던 작품인 「파랑과 초록」에서 시인은 "파랑에 초록 있고 초록에 파랑 있고/ 햇빛에 바람 있고 바람에 햇빛 있[다]"고 노래한 바 있다. 이 말은 물론 "파랑"과 "초록"이, "바람"과 "햇빛"이 '다르지 않은 하나'라는 깨달음을 암시하는 것이다. 이제 「하늘과 호수」에서 시인은 "하늘"과 "호수"도 '다르지 않은 하나'임을 깨닫는다. "하늘은 제 얼굴을 가을 호수에 씻고/ 호수는 제 얼굴을 가을 하늘에 닦[는다]"고 했을 때, 이는 곧 하늘과 호수의 경계가 무화됨을 의미하는 것이기 때문이다. 추측건대, 시인은 맑게 갠 가을 어느 날 자연을 찾았다가, 맑은 호수에 하늘이 환하게 있는 그대로 비치는 것을 보았을 것이다. 이를 보는 순간, 시인의 심안에는 하늘이 내려와 "제 얼굴"을 호수에 씻고, 호수가 올라가 "제 얼굴"을 하늘에 닦는 것으로 비쳤던 것이다. 어디 그뿐인가. 시인의 심안에는 하늘과 호수가 서로에게 "넓고 깊은 거울"이 되어 서로를 들여다보게 하는 것으로 비친다. 말하자면, 하늘 안에 호수가 있고, 호수 안에 하늘이 들어가 있는 셈이다. 결국 이 시에서 짚이는 것도 '불이'의 철학이 아니고 무엇이겠는가.

하지만 「하늘과 호수」에서 우리가 감지하는 것은 단순히 '불이'의 철학, 정적인 존재론적 성찰로서의 '불이'의 철학만이 아니다. 「하늘과 호수」는 그 이상의 시적 메시지를 담고 있거니와, 「주역周易」의 괘인 '지천태地天泰'와 '천지비天地否'를 떠올리게 한다는 점에서 그러하다. 이렇게 볼 때, 「하늘과 호수」는 정태적인 의미에서의 불이의 철학뿐만 아니라 역동적인 의미에서의 불이의 철학까지 아우르는 작품이 아닐 수 없다. 사실 나는 이미 「주역」의 '지천태'와 '천지비'를 시조와 관련하여 논의한 바 있다. 이는 조선 시대의 선비 유자신柳自新의 "秋山이 석양을 띠고 江心에 잠겼는데"로 시작되는 시조와 이태극의 시조 「한강」을 논의하면서, 또한 오늘날의 시조시인인 유재영의 시조 「가은리」를 논의하는 자리에서였다. 그럼에도 이 자리에서 다시금 이전의 논의를 되살리고자 함은 「하늘과 호수」가 이 두 괘가 암시하는 바를 한층 더 선명하게 구체화한 작품으로 판단되기 때문이다.

「주역」의 8괘에는 하늘을 상징하는 건괘乾卦(☰)와 땅을 상징하는 곤괘坤卦(☷)가 있다. '지천태'와 '천지비'는 이 두 괘를 상하로 조합해 놓은 것으로, 건괘가 위에 있고 곤괘가 아래에 있는 괘를 '천지비'(☲)라 한다. 한편, 곤괘가 위에 있고 건괘가 아래에 있는 괘를 '지천태'(☳)라 한다. 주역의 철학에 무지한 사람이 보기에는 하늘이 위에 있고 땅이 아래에 있는 '천지비'가 안정된 모습의 상서로운 괘로 생각될 것이다. 하지만 '막히다'의 의미를 갖는 '비否'가 암시하듯 이는 결코 상서로운 괘가 아니다. 하늘과 땅이 제 자리를 지킨 채 움직이지 않고 머물러 있기 때문이다. 반면에 '통하다' 또는 '편안하다'의 의미를 갖는 '태泰'가 암시하듯

'지천태'야말로 상서로운 괘다. 땅이 하늘로 올라가 있고 하늘이 땅으로 내려와 있는 역동적인 움직임을 암시하는 것이 이 괘이기 때문이다. 이와 관련하여 「주역」은 기본적으로 '역동적인 움직임의 철학'이라는 점에 유의하기 바란다.

이제 다시 김일연 시인의 「하늘과 호수」로 돌아가자면, 이 시조의 초장에서 우리가 감지하는 것은 하늘이 땅으로 내려와 호수에 제 얼굴을 담는 정경이다. 중장에서 우리는 호수가 하늘로 올라가 하늘에 제 얼굴을 맡기는 정경이다. 하늘과 땅이 서로 제 위치를 바꾼 셈이다. 아니, 둘이 '역동적으로 움직여' 또는 '제 자리에서 벗어나' 둘이 아닌 하나가 되고 있는 것이다. 여기서 암시되는 역동성을 우리는 '씻다'와 '닦다'라는 동사에서 확인할 수도 있다. 이 시조의 종장은 역동성을 강조하려는 듯 '들여다본다'라는 동사를 동원하고 있다. 시인이 동원한 것이 '비추다'나 '비치다'와 같은 피동적이고 정적인 상태를 암시하는 동사가 아닌 능동적이고 동적인 행위를 암시하는 '들여다본다'라는 동사를 동원한 것에 유의하기 바란다. 요컨대, 종장이 드러내는 바도 하늘이 땅의 호수에서 자신의 모습을 들여다보고 땅의 호수도 하늘에서 자신의 모습을 들여다본다는 시인의 역동적인 세계 이해로, 이는 곧

「주역」의 '지천태'가 상징하는 바가 이 시에서 구체적으로 형상화되어 있다는 우리의 판단을 뒷받침하기에 충분한 것이 아닐 수 없다.

물론 시 쓰기—즉, 시인의 시적 세계 이해와 시적 형상화—에는 이 같은 마음의 역동적인 움직임이 필수요건이라는 이해를 시인이 의식적으로든 무의식적으로든 드러내는 작품이 「하늘과 호수」일 수 있으리라. 아무튼, 이번에 김일연 시인이 상재上梓하는 시집 『너와 보낸 봄날』은 둘이 하나인 정적인 세계 이해를 넘어서서 역동적인 움직임을 통해 둘이 하나가 되는 세계에 대한 이해와 관찰의 기록이라고 할 수도 있다. 달리 말해, 『너와 보낸 봄날』은 우리가 통상적으로 둘로 나누어 생각하는 시와 시인이, 시인과 시 쓰기가, 삶과 시가, 인간과 자연이, 아니, 우리의 피상적인 눈에 둘로 나뉘어 있는 것처럼 보이는 이 세상의 모든 것이 둘이 아니라 '조화로운 하나'라는 깨달음을, 여기서 한걸음 더 나아가 '둘이 조화로운 하나가 됨'에 대한 역동적인 깨달음의 과정을 시화한 것으로 볼 수 있다.